記憶は闇の中での狩りを好む

記憶は闇の中での狩りを好む

ジェラール・マセ　桑田光平訳

水声社

sentier de la critique 批評の小径

水声社

ジョルジュ・ランブリックへ〔『NRF（新フランス評論）』誌の元編集長（一九一七―一九九二）。本書刊行前に逝去〕

I

われわれにしても、孫たちが持つことになるわれわれのみじめな肖像画と実際のわれわれとはまったく異なることを、今から孫たちにはっきりと知らせておく必要がある。

——ジャン・ポーラン

わたしは鳥が飛び立つのを待ち構えていた。カメラを持つ手がシャッターを切る時、鳥は見えなくなる、受胎告知の天使よりもなお〔フランスでは、写真をとる時、被写体の人物が動かないでレンズを見るように、「小鳥が飛び立つよ！（le petit oiseau va sortir !）」と叫ぶ習慣があった〕。ただ亡霊の出現だけを告げるのだから、その鳥は受胎告知の天使の遠い生まれかわりなのだ。

写真への愛は、おそらく、鎧戸の閉まった部屋〔「暗箱」ないし「暗室」（chambre noir＝暗い部屋）を想起させる〕の戸口で羽をばたばたさせているこの鳥の魅力に由来する。立ち入りを禁じられたその部屋では、愛と死が、わたしたち抜きで目隠しの鬼ごっこを続けるのだろう。

心の曇りを消すため、焦点距離と明るさを調整したかのように、二つの実物教育の思い出が重なり合い、写真についての記憶としてわたしの中でよみがえる。一つはカメラの機能に関するもので、もう一つは出産に関するものだ。いずれも暗い部屋の秘密を明らかにするので、後に混ざり合ってしまったのだ。

見られることなく見ること。写真の起源には、幼年時代にまで遡るこの夢があるのだろう。幼年時代、仕切り壁の向こうには別世界が存在していた。

想像力の働きによって壁の割れ目はさらに大きくなり、十九世紀以来、われわれはあらゆるものを見ることが可能になった。しかしそのために、隠れたる神という眼に見えない専制的なまなざしの下で生きていた頃の人間よりも、時折、退屈になる。

カメラ・オブスキュラから金属板の特性にいたるまで、写真とは何よりも錬金術師の夢だった。「角銀鉱《ホーン・シルバー》」は光に照らされると黒く変色することが知られていたが、その後、塩化銀という名が与えられた。そして、原材料のニスに瀝青《ビチューメン》を調合することで、また後に、ダゲレオタイプの銀板のおかげで、像を固定することができるようになった。

しかし錬金術師の夢は反対の方向に進んだ。現実のほうが黒く変色したので、金から銅が作られてしまった。

同じイメージを無限に複製できることは、写真の特権でも欠点でもない。貨幣が誕生した後の印刷術も、金が発見された後の銅も以前と同じ役割を果たし続けた。

しかし、きらびやかな王の肖像画や飾り文字のあとを継いだのは、物言わぬ事物と、地面すれすれから突如、蝙蝠のように飛び立っていった希望を前にわたしたちが示す驚愕の表情、微笑み、しかめ面だった。

ボードレールがマネに頼んだように、ネクタイと編上げブーツを身につけた英雄に自分を仕立てあげること――マネもまたボードレール同様、オリンポス山とその壮麗さに、妖精《ニンフ》に、厚い雲に、だまし絵《トロンプルイユ》の空とその空虚な雄弁にうんざりしていたのだ。この任務は最終的には写真が引き受けることになった。写真は素朴な信念をもってこの任務を完遂し続けるのだ。

歪んだ像をうつす鏡、水晶玉、魔女、生の虚しさの寓意画《ヴァニタス》〔ラテン語のvanitas、フランス語では vanité は、特にヨーロッパ北方で十六〜十七世紀の静物画においてよく見られた「生の虚しさ」の寓意。人間の死すべき運命を示す頭蓋骨が事物と一緒に卓上に置かれたピーテル・クラースの《ヴァニタス》（一六二五）はその典型〕、それらはそれぞれの仕方で写真を予告していた。また、写真と安易に比較される絵画などよりも、ひらめき《シャッター》と閃光《フラッシュ》を兼ね備えた詩的イメージのほうが、細部《ディテール》の鮮明さと際限なきものの曖昧さ《ボケ》を結び合わせることができる。

というのも、絵画はポーズの時間を考えない世界、遅さそのものと折り合いをつけた、焦燥のない世界に属しているからだ。

確かに今世紀の画家の中にはすばやく描いた者もいたが、それはもはや、画布に残す自分の筆さばきだけを示すためにそうしたのだ。ちょうど、別れを告げようと必死で空気をかきわけながら、汽車を追って走る映画俳優のように。

一瞬早く暗箱を開けてしまえば、光が入って像は消えてしまうのだから、誰にでもある操作ミスが大惨事《アポカリプス》〔原義は「覆い（ヴェール）をとること」。ユダヤ・キリスト教において神が預言者に与えた終末についての「黙示」をあらわす〕をもたらすのであり、稲妻や嵐が見えない無音の雷となって、すべてが一瞬の不注意のうちに終わるかもしれないと思えてしまう。

カインを見つめる墓の中の眼〔ヴィクトル・ユゴーの詩篇「良心（La conscience）」（『諸世紀の伝説』所収）が想起される。旧約聖書『創世記』にあらわれる、弟殺しのカインを題材にした詩で、カインはどこに行っても、どのような障壁を作っても、天空からこちらを見ている「眼」の存在に脅え、最終的には、墓を掘って逃れようとするも、あの「眼」はやはり墓の中にもいて、カインをじっと見つめていた〕。一九四五年、『デイリー・ミラー』誌に掲載された写真、絶望してニューヨークのビルから飛び降りた者を上から撮った写真を見ながら、口にこそしないもののクローデルはおそらくあの眼のことを考えていたのだろう。

眩暈を起こすような自殺者の落下について長々と述べた後（手すりのようなものに

ぶつかる瞬間を捉えたものだ）、クローデルは写真について次のような驚くべき警句をのこした。「神が神としての務《メチエ》めを人間から学んだなら、他のやり方はしないだろう」。

雷をマグネシウム光《フラッシュ》に置きかえ、無限の時間を瞬間の連続へと置き換える奇妙な仕事《メチエ》。もはや何の判決を下すこともなく延々と無益な保管《アーカイヴ》を続ける法廷から求められ、それぞれの人間の肖像《ポートレート》を生涯で何度かプリントするという奇妙な仕事。

ダゲールの特許と銀板プリントに先立つこと三世紀、マンテーニャのグリザイユ作品は、その素材とぼかしによって写真の発想源となった。彼の絵画作品のひとつ《キリストの冥府降下》もまた、家族写真を前にした印象、まるで聾唖となってしまった親族を見て感じる印象を先取りしている。

マンテーニャの絵では、光の分散によって虹のように輝く衣裳を身につけた前景の人物たちに見下ろされ、死と復活のあいだのキリストが、さまよえる魂を探しだすために、後ずさりしながら茫漠たる昏《くら》き地へ降りていこうと奇妙にこちらを向いている。

わたしたちがまじまじと眺めている死者たちもまた冥府にいる。見ているわけではないがこちらを向き、永遠に所在のない死者たち、それは、わたしたちには手出しできない亡霊であり、ランプが消えたあとの蛾なのだ。

墓地が村はずれに追いやられてからというもの、死者はわたしたちの中にもはや存在しなくなり、都市に暮らすものは埋葬の時以外に墓地を訪れなくなった。決まり文句のようにたびたびそう口にされる。しかし、束の間わたしたちの注意を引こうとする死者や、化粧を落とす必要もなく深い眠りに落ちた女優に出会うには、家族の思い出が壁にかけられた部屋に入るだけで、日記を開くだけで、あるいは、古い映画が上映されている映画館の前を通るだけで十分なのだ。

遺骨や生の虚《ヴァニタス》しさとともに、わたしたちの前から姿を消したのは、死の現実的なイメージである。写真は透明なガラスの棺の後ろで死者たちを生きているように見せ、死を艶やかなものに仕立てあげようとする。

写真は何も映っていない窓を顔と裸体で満たすが、窓ガラスの向こうにいつも期待どおり服を脱ぐ隣人の女がいるわけではなかった。人のいない街路で、時折、見えない手がカーテンを閉めたものだった。

軍服を着た死者たち、小学生の女の子たち、やさしいまなざしでこちらを虚しく探す花嫁たちも出会いのタイミングを逃していた。時間はわたしたちが立ち入ることの許されない部屋を持っているからだ。

写真が誕生して百年以上がたち、わたしたちは鍵穴から物を見るようになったが、それは十九世紀にエミリー・ディキンソンが書いたことを思い出させる。わたしたちは「死者たちの手前」にいるのだ。

大切な故人や存命の近親者の写真を持ち歩くとき、古代人と同様、わたしたちは会食に招かれた影たちとともにいる。

しかし現代では、食器もないこれらの客人たちのために場所が用意されることはない（ローマ人はといえば、招待客の友人たちに四つ目の食事用の寝椅子を割り当てていた）。わたしたちは古いしきたりを守ってはいるが、知らず知らずのうちにそうしているのだ。物言わずわたしたちに寄り添う映像《イメージ》は、何一つ求めることはない。ほんのわずかな施しすらも。

古い本能、古いタブーは明確に見分けられなくとも残り続けるものだ。迷信などもたない人間ですら、故人の写真を捨てることには恐怖を覚える。

わたしたちもまた祖先と守護神とを持っているのだ。

有用な写真（毎年撮影される子供たちとの家族写真、傑作や盗品の目録一覧、絵葉書や航空写真、収容施設や警察署のアーカイヴ……）は破綻、清算、死後の財産目録を思わせる。

エジプト復興の気運が高まった頃、揺籃期を経た写真は、ナイル河沿いでその冒険を続けた。闇に覆われていた写真は死者の旅を再開したのだった。

パリではモニュメントや屋根が、あるいは、長い露光によって人のいない街路が撮影されたが、その後、一人ならず写真家たちは、マキシム・デュカンにならって、かさばる機材をかかえテーベやルクソールへと向かった。デュカンに同行したフロベールはエキゾチックな風景の中で「ボヴァリー」の名を思いついた。

水彩画家たちは目にした光景を色彩で彩り、一挙にこの文明を若返らせたが、写真は、この文明がもつ物いわぬ影や暗い輪郭、ヒエログリフの凹凸や溝を斜めから照らす光とともに、エジプトのより忠実なイメージを再現する。少なくともそれはわたしたちの精神が抱くエジプトに近いものだ。

墓が開いた時に入ってくる日の光に眼がくらみ、かくも長い眠りを一瞬さまたげられた死者たちも、暗箱の中で、見慣れたオブジェに囲まれて旅を続けることができる。それらのオブジェの束の間の光の痕跡もこの新しい様式のマスタバ〔古代エジプトで建造された巨大な王の方墳。〕〔ここでは「暗箱」のことを指している〕に閉じ込められるのだから。つまり写真とは空っぽの石棺がある王の部屋なのだ。

夢は眩暈がするほどのスピードで過ぎ去ってしまう（ほんの一瞬誰かがドアをノックするあいだに、一つの物語がいくつかのエピソードとして展開する）、おそらくそのせいで、朝になると、夜中に何かを盗まれた気がしてしまうのだろう。時間か、金か、何をとりわけ失ったのかは分からないが。

夢は写真のフラッシュのように短い。わたしたちが覚えている夢（あまりのスピードで起こる出来事を追おうと連写で撮影した何十枚の映像のうちのいくつか）は、目覚めの時に生み出されるものだ。その時、精神の箱は突如として強すぎる光に照らされ、わたしたちは鏡を通して意識の白い光を再び見出すのである。

秘かに祭儀を執り行うように現像する写真家は、闇に対する信仰の儀式を行っているようだ。しかし、彼の闇はより薄らいだものであり、現像用のバットとなった洗礼盤を通して映像《イメージ》が現れる。秘跡にも似たこの作業はもはや溺れたものを救う作業に他ならない。

あるアフリカの民族では、水面にうつるものが見せかけの真理でしかないことを見抜けるよう、不信心になる前の子供を水の上で抱く。水面にうつっているのは、空《そら》に浮かぶ嘘つきの顔であり、水を入れたひょうたんの底の盗人の顔なのだ。

アフリカと写真とのあいだには奇妙な関係がある。映像《イメージ》によって魂を奪うことは、物を略奪するのと同じくらい重大なことであり、黒い大陸における〈白人〉の存在は機械と魔術の衝突を意味した。

一七六〇年に刊行された架空の旅行記の作者ティフェーニュ・ド・ラ・ロシュ〔十八世紀の文筆家・医者（一七二二―七四）〕の頭の中では、溢れるほどの太陽の恵みとともに闇をも抱えているアフリカ大陸には、すでに暗室が、すなわち、消失した現実が幻覚に場所をゆずる広大な地下室が存在していた。すさまじい暴風雨が吹き荒れ、「精霊」が住む島に行き着いたこの旅行記の主人公は、ひとつの影に導かれ次のような教示を受けながらイメージの王国を見物する。

「知ってのとおり、さまざまな物体に反射した光線が映像をつくり、つるつるした表面なら何にでも、たとえば網膜、水、鏡などの上に映し出す。精霊たちはこの一過性の映像《イメージ》を固定しようとした。そのため、きわめて微細で粘性が高い超速乾性の物質を合成した。これによって絵は一瞬のうちに出来上がる。彼らはこの物質をカンヴァスの上に塗り、描きたい対象に向ける。カンヴァスは第一に鏡の役割を果たす。光が運んできた遠くや近くの物体の像が映る。しかし普通の鏡がなしえないことはここからだ。このカンヴァスは塗り薬の力でこれらの映像を固定するのだ。鏡は対象を忠実に映すが、何ひとつ保っておくことはできない。われわれのカンヴァスは対象を忠実に映すだけではなく、そのまま保つ事ができる。一時間後には塗り薬が乾き、どんな芸術も及ばないくらい真に迫り、時間の経過によっていささかも損なわれることのない貴重な絵が出来上がるわけだ〔一七六〇年の『ジファンティー』〔『ユートピア旅行記叢書13』所収、岩波書店、一九九七年〕。引用箇所は邦訳の二五七頁。一部訳語を変更して、使わせていただいた〕」

ティフェーニュ・ド・ラ・ロシュが空想した時代をわれわれは実際に生きている、すなわち、救うべきは物質そのものでも生物でもなく、精神を飲み込んだ大洪水の後、地下の方舟の中に閉じ込められた物質や生物の映像《イメージ》であるようなシミュラークルの時代を。

光学装置が絵画に取って代わることを使命とするプラトン的な場所を、彼は砂漠のただ中の蜃気楼の国に位置づけたのだ。

写真を通じて芸術が自然を模倣しているように見えるのは、写真が現代の地獄を影たち＝死者たちの王国へと変容させてしまうからだ。その王国では現代のダンテを導く者はもはや誰もいない。

窓、鏡、ショーウィンドー、イメージを増幅させ、視界を混乱させるものであれば何であれかなりの頻度で魅了されてしまう写真家は、彼自身、鏡の宮殿の中に囚われ、人工的な明かりに照らされた像の反射の迷宮に目印を探し求めているのである。あたかも存在を奪われた、分身をもたない人間のように。

写真とは新しい地下墓地《カタコンベ》の芸術だ。写真のおかげで、日々少しずつではあるが、世界はわれわれの精神の中に市民権を得ることができる。それゆえ、時折、未開人たちが用いた青や金色に対する、また、昔日の巨匠たちの影のない絵画に対する激しいノスタルジーが生まれることになる。

カルジャ〔写真家、ジャーナリストで、詩人（一八二八―一九〇六）。一八六一年に自らのアトリエを構え、背景装飾を排した数多くのポートレート写真を撮影した。なかでもボードレールとランボーの写真はとりわけ有名〕のアトリエで、あれほど非難していたカメラに対して、アイロニカルで物憂げなまなざしを向けながら、われわれが抱える闇と自らの栄光とをしっかり見すえていたボードレールは、写真が下手な画家たちにとっての避難場所になるのではないかと懸念していた。だがそのとき、絵画そのものが彼らの避難場所になろうとは思いも及ばなかった。あるいは少なくとも、絵画が急速な早さでかつての模倣からありふれた広告へと移行し、公認の芸術になろうなどとは考えなかったのだ。

　写真の技術は新しく、写真家は本当には芸術家とみなされなかったので、彼らは現代性《モデルニテ》の苦悩を感じなかった。画家は覇権を譲り渡したが、そうすることで再び、いままで通りの主題と古典的な構図の規則とを引き受けることができた。口にすることも、時には意識することすらもないままに。

　画家の意志をくじくほど世界が醜かったのは確かだが、写真家はその陰鬱な光景に明かりを照らすだけの手段は持っており、黒と白の力で、醜さを新たな明暗の威光に包むことさえできたのだ。

数世紀ものあいだ、西洋の画家は一冊の書物の内容を図像で表現することに身を捧げてきた。その書物とは、旧約と新約とをもつ聖書であり、聖人の生涯を語った聖人伝である。時に壁を覆いつくすことすらある教会のおびただしい絵画のせいで、聖書は神の住まいと見做されるようになり、宗教に広大な想像の世界を開いてしまった。

　写真には聖書に匹敵する書物は存在していない。たとえ、ヴェロニカの聖骸布、ナダールによるボードレールの、カルジャによるランボーの肖像写真が当初果たした役割はよく知られてはいるとしても。なるほど『失われた時を求めて』は写真にとって礎となる書物になりえるかもしれない。しかし、絵画が後光をまとわせてモデルを引き立てていたのに対し、写真のほうはグレフュール伯爵夫人、シャルル・ハース、ロベール・ド・モンテスキューの肖像写真によって、プルーストの登場人物を矮小化した。写真とは頭を小さくする芸術なのだ。

ポーランもわれわれと同じく、自分の肖像画を見て似ているとは思わなかった（モンテーニュやレオナルド・ダ・ヴィンチの肖像画も似ているとは思わなかった）。というのも、わたしたちは自分自身を幽霊のようなものだと考えているからだ。

それこそ写真が十分に表現してくれることではあるが、しかし幽霊のように見えるのは他人にとってであって、けっして自分自身を幽霊のように見ることはない。なぜなら、写真は自分が見たくないと思っている特徴をあまりに正確に映し出してしまうからだ。こうして見ると、初期の写真家たちの試みのほうに迫真性があったといえる。わたしたちはシルエットによるポートレートや、定着させるのが極めて難しく紙の表面でいまにも消え去ってしまいそうな黎明期のイメージの中にこそ、より自分の姿を認めてきたのだから。

写真の永続性という虚偽は、わたしたちにとっては足かせであり、いつもというわけではないにしてもそれが真実だと思い込まされてしまう。

写真家を前にポーズをとって微笑みを浮かべようとする。それは、変な顔を作った挙句、そんなに目立ちたいなら醜い姿のままずっとそうしていなさいと脅かされた子供に戻ることだ。

写真家とはカーテンの後ろにいるあの悪しき妖精、わたしたちを永遠の呪いの犠牲者にしたてあげる。

ある種の夢の状況をふたたび体験することがある。それは写真家からガラスの眼を通して動かないよう指示され、不安でただの一歩も踏み出せなくなるような状況だ。しかし撮られる直前には、まるでシーンが変わるかのように、わたしたちはこっそりと髪型を整えたり、斜めになったネクタイを無意識に直したり、服装を正す。そんな風にひどくぎこちなくなるのは、これでは無作法なのではと想像してしまうからだ。ひとたび現像されれば、写真はわたしたちを困惑させる。というのも、その写真のおかげで、夢に出てくる他人のように、似ていると同時に違うものとして自分のことを見ることができるからだ。つまり本当のことを言えば、それは信じられないほど似ているということなのだ。

新聞の一面に掲載された犯罪者の顔や、ギロチンにかけられたような気になる証明写真を前にすると、鏡で見慣れたはずの別人のような顔を、これが本当に自分なのかといつも思ってしまう顔を思い出す。その時、救われる運命にある顔をもつには、ほんの些細なもの、運命の一押しのようなわずかなリタッチを一度ほどこすだけで十分なのにと思ってしまう。

物語《コント》に出てくる魔法の鏡のあとに、たまり水に映る姿のあとに、わたしたちの真の残酷な肖像が姿をあらわした。自らの姿に怯え、夜と昼が混ざり合う夢を恐れたネルヴァルがダゲレオタイプに見たのは、「疲労した精神向きの忍耐の機械、幻影を破壊し、各々の容貌に真理の鏡をつきつける機械」〔「十月の夜」（入沢康夫訳）、『ネルヴァル全集V』、筑摩書房、一九九七年、一二九頁。一部表記を改めた〕だった。

ネルヴァルが、のちに自らの死後の肖像となるナダールが撮った写真に「わたしとは別人だ（Je suis l'autre）」という三つの単語を書きつけたとき〔実際にはナダールが撮影した写真をもとにして描かれたきわめてリアルな肖像画にネルヴァルは「わたしとは別人だ」と書きつけた。そして、この肖像画について、ネルヴァル自身は「あれは自分に似てはいるが、死後のものだ」と語っている〕、彼はダゲレオタイプについての自分の言葉を思い出していたのだろう、そしてまた、「廃嫡者《エル・デスディチャド》」の刺すような問いかけに対する唯一の答えを見つけていたのだろう。

「わたしはアムールかフェビュスか？……リュジニャンかビロンか？〔「エル・デスディチャド」（田村毅訳）、同書、四九四頁。一部表記を改めた〕」

銀塩プリントの鏡像効果のせいで、どんな顔も水たまりに溺れるナルシスの顔になってしまう。そして、セーヌが川からアマゾン川にいたるまで、水銀のような水面をした川はすべて、忘却《レーテー》の川のように音もなく佇んでいる。

ソラリゼーションによる何枚かのポートレート写真、特に、シュルレアリスムの詩人たちを映したものは、威光と呼ばれていたものの最後の輝きを、社会的成功のために消えつつある星の輝きを捉えているようだ。

しかしそうした写真はまた、精神が日の光を浴びていることも示している。闇を消し去ったと思い込んでいた精神が自らの光に目が眩んでしまっているのだ。

死の床にあるヴィクトル・ユゴー、霊安室のように一列に並べられたパリ・コミューンの銃殺死体、開けっ放しの棺に入ったマクシミリアン帝、煉獄の光に照らされたスリーピースを着た多くの「死者たち」、いずれもみな、現実に対してわずかな貢献を果たしたのではないだろうか〔この一文にある死者たちはいずれも写真に残されている〕。社会は生者よりも死者を大事にするという有名な言葉を証明するために写真は生み出された。

しかし当の死者たちはいかなる共同体も作らない。彼らはただ偶然に作られる群衆の一部をなすにすぎない。ちょうど現代都市の街路にいる者たちのように。

森のように広大な現代の都市において、写真家は狩猟者の本能にしたがって撮影を行う。

猟犬も勢子《せこ》もいない中、まるで密猟者や物音立てぬインディオのように待ち伏せする。というのも、写真家というのはむしろ弓使いであり、集中力を一挙に高め、禅のように静かに獲物を射ることすらあるからだ。

しかし、獲物となったのは影=亡霊だった。わたしたちが写実だと思っている写真は腐敗のない死を見せつける。それは手に届くところにあるまやかしのような不滅。

だが最後には、光沢紙の上にあらわれる自分自身の亡骸、透き通るほどの自分の抜け殻を前にして、写真も死を免れさせてくれないことに驚くのだ。

撮られたばかりの一枚の写真は世界の肉から切り取られたもの、モノクロ写真でない場合は、けばけばしい刺青のような色をしている。

気兼ねなく写真を見るためには、写真のまわりに忘却が取り巻いていなくてはならない。つまり、時間の作用による変色がなくてはならない。まわりが古金色や黒ずんだ銀色に浸食された鏡のように。

もはや写真でなければ喪を目にすることがほとんど無くなった現在、見ることに歓びを覚えるのは古びた写真だけである。しかし、その喪とは、奇妙にも未来を向いたナルシスの喪なのだ。写真はわたしたちに、未来の自分の姿を見せる。他人の記憶の中で、死んでいるのに若々しく生き続ける自分の姿を。

ルイス・キャロルは『ファンタスマゴリア』の中で、人が闇を恐れるように亡霊は光を恐れるのだ、と言っている。

わたしたちの姿に似ているが、ネガのイメージとしてある亡霊たちは写真にはがっかりさせるところがあることを理解させてくれる。というのも、写真は人間がずっと昔からいかなる機械に頼ることもなく想像してきたことを目の当たりにさせるからだ。

写真とは、罰を受ける子供のように暗闇に閉じ込められた、クローゼットの中の家の狂女なのだ〔「想像力は家の狂女である（L'imagination est la folle du logis）」という表現は、十七世紀のフランスの哲学者マルブランシュの言葉としてよく知られているが、実際には「想像力」を「家の狂女」と結びつけたのはヴォルテールとされる〕。

独自のやり方で、機械と奇跡との結婚を祝福する写真は、出現の歴史において、真昼の悪魔〔キリスト教の伝統において「倦怠」、「退屈」、「怠惰」を意味する。修行する修道士を襲う、悪魔の仕業だとされた〕とUFOのあいだで一定の役割を果たしたのだ。

写真が出現させたのはもはやマリアや聖人ではなく、染みや影、死者たちのオーラや不動の魂であり、信仰がまだ十分に篤かった頃、つまり、写真機と冠布と三脚がテーブル・ターニング〔十九世紀後半の西洋で流行した交霊による占いの一種。テーブルに複数人で手を置き、投げかけた質問に対して降りてきた霊がテーブルをどのように動かしたかによって占う〕にとって代わる頃には、本物の死者たちの姿すら出現させていた〔この頃、いわゆる「心霊写真」がブームとなった。ここに登場するウィリアム・ホープは多くの心霊写真を撮影した。詳しくはジョン・ハーヴェイ『心霊写真』（松田和也訳、青土社、二〇〇九年）などを参照のこと〕。

こうして、一九一九年夏のある日、コナン・ドイルは交霊会に潜入した。彼はウィリアム・ホープなる人物に会い、その人物が幽霊の写真をとる本物の霊媒師《メディウム》なのか、それとも、賢者の石を見つけたと言い張る歴史上数多存在するペテン師の一人なのかを見極めたかったのだ。

ウィリアム・ホープの天命はとても早い時期に告げられた。子供の頃、高熱を出した時、彼はすでに幻視体験をしていた。そして、写真を撮り始めた頃、数多の見知らぬ人を感光板に定着させていたにもかかわらず、そこに九歳のときに亡くなった母の顔が現れないことに驚きを覚えた。

数年後、ある亡くなった少女にもう一度会いたいという欲望が、ホープに能力の啓示をもたらす。司教や隣人が、ついで、イギリス中から押し寄せた著名な訪問者たちが彼の能力の証人となったが、ホープはその後、一度の面会で四シリングを要求したため、卑しいペテン師という非難を受けることになる。そのような非難が巻き起こっていたからこそ、コナン・ドイルは訪問を決意したのだが、この奇妙な訪問を機に、彼は最後の綿密な調査を行い、『心霊写真擁護論』と題する本を刊行してホープを熱烈に擁護することになった。

騙され易い想像力か、集団幻想か、それとも安っぽい透視力か。現在ではエクトプラズムのような驚くべき現象を名づけることは容易ではないが、確かなのは、コナン・ドイルが多くの者たちと同様、「見たと思ったもの」を見たということだ。わたしたちに関して言えば、輪郭があまりにぼんやりしてはっきり見定められないような夢の中を除いて、死者が回帰することなどもはや信じられない。だがそれでも暗室が、ラクダを通す針の穴と同じく、ある王国への入り口であり、その王国では光が影を、わたしたちに似た亡霊たちの影、生まれつつある死者たちの影を引き延ばしているのだと考えてしまう。

墓の下に眠った後も、わたしたちはまだ写真の中で立ち続けているのかもしれない。

まるでもうひとつの世界では不意に目覚めることが可能であるかのように。

II

我々は夢と同じ糸で織り上げられている。
——ウィリアム・シェイクスピア

姿を見ようと振りかえった瞬間に消え去ってしまう夢のイメージに女性の名前を与えることで、ギリシャ人はエウリュディケを作り出した……

部屋の奥には、スリーピースを着ていつものように岐路に立つオイディプス、埋葬されていない死者たち、そして部屋着の女王たちがいる。わたしたちはそこで、魔法にかけられたように熱狂する。夢の中では悲劇は素顔で演じられ、古い役柄が再演されるが、台詞はほとんどないに等しい。

もっとも、こうした即興シーンが栄光や近親相姦に関わることも、三面記事的といえるこの奇妙な出来事がその昔は儀式のように仰々しかったことも、すぐには分からない。日の光に照らされて、茫然とした登場人物たちはふたたび古典的英雄に戻り、前日の出来事は最古の物語に結びつく。そうして、何よりもそれが永遠の誇大妄想だということが示されるのだ。

夢の中ではごくわずかな言葉しかないので、失語状態を預言者の才能だと思い込んだり、くだらない語呂合わせをヘラクレイトスの断片と取り違えたりする。そうした夢の中のわずかな言葉がもつ十全な意味は、幼少期に解読されなくてはならないのだ。

わたしたちは神託を告げる者であると同時にその解釈者でもある。竈《かまど》にいながら風車小屋〔＝製粉所〕にいるのであり、夜と昼のどちらにもいるのである。

もはや誰でもなくなったひとりの男、自分の妻や財産を取り戻しに行くというよりも、自分自身のアイデンティティを探し求めに行くひとりの男の彷徨。だが、男の帰還は驚異的な出来事、魔法、遭難、さらには死者の国への旅によってたえず遅らされる。あたかも時間が嵐のただ中に空白の一年を生み出したかのように。『オデュッセイア』はもっとも長い夢物語だ。しかし、どんな夢想家も、デモドコスの物語に耳を傾けるオデュッセイアのように、涙が流れるほどの絶対的な感謝の念を、自らの名を

はっきりと名乗らせるほどの誇らしき勝利の感慨を覚えることはなかった

〔デモドコスはホメロス『オデュッセイア』に登場する音楽家。宴席でデモドコスにトロイア戦争の「木馬作りの条り」を歌ってくれるよう頼んだオデュッセウスは、デモドコスの歌に落涙する〕。

夢の中では、なんと耳が不自由なのだろう。聞こえるのはただ、大きな声の、猥雑な、突拍子もないいくつかの言葉。そうした言葉は、翌日になれば、セイレーンの声よりも騒ぎたてる。

この声はあらゆるものの記憶を留めていたが、わたしたちはマストに縛られたユリシーズのように夜を越え、ユリシーズの水兵たちのように耳を塞いだのだった。さまざまな起源を物語る詩の代りに、記憶の歌からわたしたちのもとに残るのは、微かになっていく韻律。その響きをわたしたちは虚しく探し求めるのだ。

夢の作用はまるでペネロペイアの仕事のようだ、しかし昼のほうが夜の営為を解体してしまう〔夫オデュッセイアがトロイア遠征で留守にしているあいだ、多くの求婚者に押しかけられたペネロペイアは、さまざまな策略を講じて求婚をかわした。途中まで織っていた着物が完成したら結婚すると求婚者たちに宣言したペネロペイアは、昼間織った織物を夜毎にほどいていた〕。

夢は猛スピードで文献学についてのレッスンをしてくれる。というのも、(新聞や脚注などでなんとなく眼にする) 語源とわたしたちにしか聞こえない夜中に響く言葉との隔たりは、二つの言語のあいだでゆるやかに深まっていく隔たりにも匹敵するからだ。

アクセント記号の位置を変えることから、あらゆる接合作用を経由して、母音省略に至るまで、数世紀にわたってひとつの単語を変容させるプロセスは、夢のプロセスとまったく同じものである。だがそうなると、もう使われていない揺籃期の死語は、前日の夜にはまだ話されていたことになる。

古いフランス語では、「夢想家」という語は、まず、夢の解読など少しも気にとめず野天で夜を明かす放浪者、浮浪者を意味していた。また「夢」という語は、王国の外に持ち出される商品にかけられた、かつての税を表す言葉だった。

夜の王国から、わたしたちは違法に数々の思い出を持ちかえるが、その戦利品の大部分を昼に戻るための税として置いていくのだ。

時代が惜しむことなく生み出した大部分の夢物語は、土産物屋にある何ともいいようのないがらくたに似ている。詩人たちの中には自分をその土産物屋の賃借人か主人だと思いこむ者もいた。

それが夢だと思わせるには、店の入り口にスリがいなくてはならない。スリは口を開く間もなく、品物を手から手へさっと投げて袖の下へと隠してしまう。

多くの場合、スリというものは存在しない。そのワザが巧妙なためにスリの存在すら忘れさせてしまうからだ。夜の奇妙なカード賭博の賭場で、姿の見えない手品師、沈黙の効果もよく心得たハッタリ屋が、いかさまの駆け引きを行う。

内なる確信とともに、記憶と忘却によって新たに繰り返されるこのゲームは、街路の見せ物や新聞などよりももっと、世界が詐術に満ちていることを教えてくれる。

夢とは、謝肉祭《カーニヴァル》の後に残るもの、その放蕩、放埓、度を越した言葉の中からわたしたちに残るものである。横になる王たち、むさぼり食う狂人たち、人知れず身を捧げる娘たちから残るものだ。

しかし、今日では、別人の役までして自分の欲望を顕示するのは、夜に守られた人間だけである。

夢の中の見知らぬ人々の群れは、知っているはずの人々よりもいっそう神秘的であり、その不気味さは、好ましいひとつの徴である。特徴もなく、どんな名前の呼びかけにも応えない端役の人々は、冥府の死児たちのように、夢の影の中で生きている。

定まることなくあちこちに向けられた注意からも逃れる彼らの存在は、それでも無用というわけではない。というのもエプロンステージをこれみよがしに歩く大根役者や狂人よりも、彼らはありふれた日々を生きるわたしたちの本当の顔を思い出させてくれるからだ。

　わたしたちが夢を見るのは、プロンプターボックス〔芝居等において、舞台出演者が台詞や位置、動作などを忘れた場合に合図を送るものをプロンプターという。オペラでは舞台中央手前にプロンプターの小さな穴が用意されており、これをプロンプター・ボックスという〕の中でのことだ。そのあいだ、役者の演技はわたしたちを苦しめる。彼らが演じているのはわたしたちに与えられていた役なのだ。こちらが声も出さず考えていたことを彼らは時折、高らかに語る。

　ついに声に出して話せるようになった時、わたしたちは再び孤独になる。一座はもう荷物をまとめて、次の夜には別の舞台にたつのだから……

夢の終わりには、ライトが照らされ緞帳が上がるのだが、『マクベス』の冒頭のように、それはいつも早すぎる。『マクベス』では、夜の騒乱の最中、魔女たちは、自分たちが告げた予言を亡霊が実行するか見るために、舞台裏へと引っ込んだのだった。予言を実現させないため、わたしたちは夢の中に、もはや未来ではなく、近い過去と翼をたたんだ幼年時代を読み取るのだ。X線のもと、彼岸〔＝死〕という古い観念がいまだに脈打っている出産前の生命にそれらを読み取るように。

魂を救うために意識が飛んでやってくる。そうすると、字の読める天使、天からの使者とそのお供たちだけが夜の来訪者というわけではなくなる。意識よりも重く低空飛行する魂の苦痛は、長きにわたってイメージの源とみなされた陰部の苦痛に、凶兆に満ちた夜に目が覚めると触ってしまう陰部の苦痛にほとんど匹敵する。

夢の中にあらわれる類似は、不釣り合いな数々の組み合わせを一挙に生み出すことで、意識と苦痛の強固な紐帯をほどくのだ。

呪いの言葉や、光を目指して上昇しながらふくれあがる泡のように、夢の中である語が発されるたびに、わたしは言葉が産まれてくる瞬間に立ちあったのだった。昔話にあるような真珠とヒキガエルのように〔シャルル・ペロー『童話集』のなかの「仙女たち」の話。みすぼらしい老婆に扮した仙女の頼みで水を飲ませてやった親切な娘は帰宅後、言葉を話すたびに、ダイヤモンドや真珠が口から出てきた。それを見ていた母親は、可愛がっていた高慢な姉娘を使いに遣るが、仙女は着飾った貴婦人に扮しており、姉娘はこの貴婦人が所望した水を与えてやらなかった。帰宅した姉娘が口を開くたびに、蝮やヒキガエルが口から出てくるようになった〕。

夢の中の言葉は女王の首飾りだ。甲状腺腫にかかったようにふくれあがった首の上でそれはほどけていく。

王子たちは木々の枝を追い払いながら、一日中、夢のイメージを探し求めているが、ガラスの棺はわたしたちの眠りの奥底に置かれているのだ。わたしたちの欲望から守られ、死んだ恋人が眠るガラスの棺。

ある晩は森の外れへ、ある晩は墓場の隅へ、移動する家の中で数々の夢が見られる。未開人の絵画のように、壁を通して目にするのは、毎晩顔ぶれの変わる招待客たち、舞踏会の仮面をつけた裸の女のように振る舞う偽名の愛人だ。夢を見ている者は、自由に移動する、少なくとも、そうしていると本人は思い込んでいる。そうして、より深い眠りに沈み込んでいくのだ。足をすべらせて、音もなく落ちていく夢遊病者のように。

……両親の寝室とホテル・デュ・グラン・ミロワール〔シャルル・ボードレールも滞在していたブリュッセルにある有名なホテル〕が夢に出てきたが、あまりに現実的で強烈な快楽を伴う不徳のベッドだったためわたしは目を覚ましてしまった。そのため、ドアを叩く恋敵の顔までは見なかった。不意に訪れたのぞき魔か酔っぱらいの浮かれ男だったのだろう。

　招かれざる闖入者を消し去ってくれる目覚めは、もっとも緩やかな復讐を行ってくれる。夢の続きが嫉妬のドラマとなるような場合には、目覚めは完全殺人とすら言えるだろう。

夢で家が炎に包まれている者の苦悶は、助けを求める放火犯の苦悶でもある。朝になって灰を吹き払うのもまたこの放火犯なのだ。ひとつの小説のような出来事がすっかり焼き尽くされたあとの灰を。

蝋燭の明かりのもとで行われていたかつての競売のように、夢のイメージは飛び交う数字と同じ早さで次々と現れる。そして、競売が終わる前に光は消されるのだ。目が覚めると、もはや何を売っていたのかは思い出せないのだが、好機をとらえる時間がなかったという印象だけが残り続ける。

数々の夢のイメージは脈絡もなく飛び去り、色彩は不確か、材質も透明なので、蝶をピンで留める外科医の手で、思い出の中にストックされる。

幼少期にわたしたちを眠らせ、心の奥深くに未来を読み取っていたこの外科医が、今ではより軽くなったその手でわたしたちの目を覚ます。もしかしたら最後となるかもしれない一日のために。

数々の夢で飾られた穹窿のもと、悪夢に苦しむ人間は、苦悶の原因が何であれ、生きたまま埋められ、自分自身の死体のかたわらで眠らなくてはならない恐怖を繰り返し経験するのだ。

毎夜、タイタニック号の沈没が起こる。夢は見えない暗礁の上で砕け散り、眠っている者は船内の銀食器とともに水底に沈められる。舞踏会の衣裳を身にまとった溺死者たちは、数多くの思い出とともに沈んだが、その内の何人かだけがやがて水面に上がってくる。

水辺で撮られた写真は不確かでブレているが、そこには輪郭のはっきりしない泳ぐ女たちの姿が認められる。まるでメタモルフォーズが始まるのに立ち合っているかのようだ。そうした写真の外観は、夢のイメージにより近いものだろう。夢のイメージは、眠る者が、暗い夜に沈みこんでいた深い眠りから身を離し、水面に来たときに作り出される。

大洪水を思わせる羊水での生存を終えてからもなお、母が見ていた夢や母が抱いていた欲望を洗い流す必要があった。

双頭の結合児ではないにしても、口唇裂や赤い痣《あざ》の子供が生まれる。私生児とはまずこのような妄想《キマイラ》、絞首刑の縄のように臍《へそ》の緒が巻きついた妄想のことを意味した。

III

そこには詩人を育てるのに十分な養分があった。
それなのに、わたしは今、散文を書きつづる夢想家に過ぎない。
——ジェラール・ド・ネルヴァル

天使が通る〔会話の途中、沈黙が流れたとき、フランス語圏では「天使が通る（Un ange passe）」という〕。食卓で会話が途切れ、沈黙が流れるあいだ、天使は双子の片割れを連れて戻ってくる。その翼は埃と汗とでぴったりくっついている。だが、指輪をはめた手を悠然とあげ、恩寵と俗っぽさに満ちたサインをわたしたちに送ってきたのは二人の天使のどちらだったのか、今では誰にも分からないだろう。受胎を告知するいかがわしいサイン。

エナメルの短靴をはいた介添役の男の子たち、スタンドカラーのシャツを着た老人たち、身を誤ったがために喪のヴェールを被ることになった祖母。眠ろうと思って、そうした死者たちを招く結婚式を準備するたびに、わたしは戸口であの双子の天使の顔を思い浮かべる（テーブル・クロスを引いてわたしたちの思い出を消し去ってしまう天使と、暗号のように伝統を伝える天使）。

「早起き叔父さん」、けちん坊の従兄弟たち、子供のできなかった人たちを思い浮かべる。一族のしきたりによって、また、時代の情けによって、de を用いて貴族風の名をつけられたロジェ・ドルレアンとメレーヌ・ド・ラ・クルブリのことを思い浮かべる〔ロジェ・ドルレアン（Roger d'Orleans）もメレーヌ・ド・ラ・クルブリ（Melaine de la Courberie）も、それぞれ「オルレアン（地名）出身のロジェ」、「クルブリ（地名）出身のメレーヌ」を意味する。de は貴族の出自を示す小辞だが、ここでは単に出身地をつけた貴族風の名前の一般人のことが言われている〕。そして、宴もたけなわとなり、婚約が金婚式となり、祖母が王女となるころには、食器の音が鳴って夢は破られる。天使たちはいかなるメッセージも残さず、もはや二人揃って地上に姿をあらわすことはないだろう。天使たちがいた場所に残っているのは、闘鶏のあとのような散らばった羽根と、次の結婚式のためにまるまると太らされた鳥。

そして、偽の預言者の風貌でわたしたちに死を告げようと、真昼なのに灯のともったランプを手にした写真家だけだ。

禁じられた部屋

わたしは鎧戸の閉まった部屋の戸口で鳥が飛び立つのを待ち構えていた。立ち入りを禁じられたその部屋では、愛と死が、わたしたち抜きで目隠しの鬼ごっこを続けるのだろう。鳥は見えなくなる、受胎告知の天使よりもなお。というのも、その鳥は真昼にただ亡霊の出現だけを告げるのだから。

現実は黒く変色した。死と復活のはざまで、最後にわたしたちの方を向いたキリストが、さまよえる魂を探しだすために、後ずさりしながら茫漠たる昏《くら》き地へ降りていくように、わたしたちがまじまじと眺めている死者たちもまた冥府へと向かってしまったのだ。見ているわけではないがこちらを向いた死者たちは、ランプが消えたあとの蛾のように、永遠に所在なさげである。

それゆえ、墓の中の眼とはガラスの眼であり、不安のため一歩も足を踏み出せなくなった夢のように、わたしたちの動きをとめる写真家の眼だったのだ。しかし、撮られる直前には、まるでシーンが変わるかのように、わたしたちはこっそりと髪型を整えたり、斜めになったネクタイを無意識に直したり、服装を正す。そんな風にひどくぎこちなくなるのは、これでは無作法なのではと想像してしまうからだ。服を着た人々に囲まれ、裸だったのでとても気詰まりだったにもかかわらず、そんなことは誰も気に留めていないあの悪夢のことを思い出す。

もはや何の判決を下すこともなく延々と無益な保管《アーカイヴ》を続ける法廷にとって、写真はわたしたちに鍵穴や夢の扉を通して、骨の山や生の虚しさ《ヴァニタス》ではなく、艶かしい死のイメージを、透明なガラスの棺のむこうで生きているかのように振る舞う死者たちのイメージを見せてくれるのだ。スリーピースを身につけた死者たちや、化粧を落とす必要もなく大いなる眠りに落ちた女優たち。しかし、この偽りの永遠は、雲雀をおびき寄せるための鏡の罠でしかない。

求愛行動

数時間は、作業服もエプロンも心配事といっしょにどこかにしまいこんで、男は暗めのスーツにストライプのネクタイを、女は明るいドレスにイミテーションの真珠の首飾りを身につけていた。実際にそんな彼らを見たことはないが、互いに体を寄せ合い、あらかじめ家具を移動しておいたダイニングルームの月のような電球の下で、列席している近親者の前でワルツかタンゴを踊っている二人の姿をわたしは想像する――彼らなら本物の月を持ってくることもできるだろう。

多分、足の痛みのせいで、わたしは母のような歩き方をせざるをえないのだが、足を引きずりながら、自分の両親の求愛行動に思いを寄せてみる。あの奇妙な戦争の直前に行われた求愛行動に。

授かったこの身体は、叶えられそうもない夢を抱いていたが、今では身を守るにはあまりに細く、そして大きくなり過ぎてしまった。わたしはもう一度あの骨皮になった男のダンサーを見に劇場へ出かける。死ぬ前に練習生だった女のダンサーにオマージュを捧げるというのだ。その練習生はエトワールになることを目指し、歌手などにされないよう必死で調子外れの歌い方をしていた。

彼女はすでに母親の腹の中で踊っていた。その後、場内からの喝采よりも、ダンスの神の静かな同意を求めるようになる。そして、彼女は舞台に復活する。結婚を祝福する急テンポのステップと、喪をあらわすスローテンポのステップとが、互いを魅了しあう。あるいは、野性の力に敢然と立ち向かうように闘牛士の舞《パセ》を完璧に舞ったのだった。独身で不感症の短い生涯をおくったそのヒロインは、ある夜、自宅の戸口で倒れた。

男のダンサーがとある街で彼女のダンスを見たのは一九二〇年代だったが、その街は炎に包まれたばかりだった。それ以降、世界全体が炎に包まれてしまった。彼が現在でも踊るのは、単に思い出すためではない。彼はよく分かっている、自分が服を脱ぎ灰の上で息を切らしているのは、彼女の亡霊の足もとに羽飾りのついたドレスを供えるためだということを。

数分のあいだ時間が止まり、彼はあの女のダンサーとして絶えず生まれ変わり、雪の中に入るように、虚無の中へと入ってゆく。彼の身体はこわれやすく、芥子のように今にも裂けてしまいそうで、睡蓮のようにすぐに朽ちてゆく。彼は生の全体を、近親相姦的なダンスに仕立て上げた。そのダンスを通じて、彼の身体は変容し、縮減し、固くなり、ついには魂の抜け出た幼虫となるのだ。

記憶は闇の中での狩りを好む

コンラッドが決して書くことのない小説の冒頭、雪の中、光に照らされた宮殿を護衛が立ったまま見張っている。字義通りの意味と比喩的な意味を取り違え、夢で見た森の奥深くでボルヘスの甥は叔父に出会う。ダンテを崇拝する一九二〇年代の下宿人はゴチック文字が刻まれた天井板の下に折りたたみのベッドを置いたが、そのベッドで時代は臨終を迎えることになる。フェリーチェはその金ぴかに輝く義歯が、風変わりな許嫁《いいなずけ》にどんな印象を与えるかまったく分からなかった〔フェリーツェ・バウアーはユダヤ人の作家でカフカの許嫁だった〕。

彼女の輝く義歯は、許嫁に二度拒否された結婚のようだった、約束の地について人々が語らうブルジョワのサロンの光のようだった……

夜は人物にレタッチを加える（韻文を散文へ、夢を三面記事へと変えてしまう）、やぶにらみの夜が、引き延ばした死者たちの写真をそっとわたしのポケットに滑り込ませた。死者たちだけでなく、日の光に目がくらんだ鳥たちの写真を、晴れ着を身にまとった案山子の写真を。黒檀のカウンターのむこうには、まるでカルジャが撮影した写真のような、クレオールの美を放つ髪の毛のウェーヴしたボードレールらしき人物がいる。それから、消滅した星や義理の従兄弟のように、もはや名前が分からず指差すことしかできないすべての人々が。額のはげ上がった男、毛皮の襟巻きをつけた女、冬のコートを着た夢見がちな子供。

（花嫁が未亡人になり、介添役の男の子たちが、はかない娘たちの腕に抱えられて奇妙な亡霊になってしまった暗箱の中で、わたしは見たのだ。白いシャツの群れの中で死にゆく顔たちを、花柄の壁紙の中の一頭の鹿の角を。猟犬も勢子もいないまま、記憶は闇の中での狩りを好み、生きたまま獲物を持ち帰るのだ。持ち帰られた鹿の頭部は部屋の壁や食器棚の上に飾られる。)

王の間

王はもはや神から王権を授かった者ではなく、わたしたちの欲望に仕える従者となった。

秘密と呼ばれるものを魂の奥底に持つかわりに、王はある部屋の鍵をコートの襞にそっと忍ばせている。その部屋で、幼少の頃から切断された頭部に囲まれてきた王は、布地と戦利品を山のように積み重ねるのだ。わたしたちは見てきた。王が長いドレスのようにコートを引きずり、踵のひどく高い靴をはいて歩き、黄金のシーツにくるまって屋外で眠り、気に入った娘に流行の色のドレスを贈り、猛禽を撫で、猿と戯れ、栄光と不幸を混同し、統治に飽きたら悲劇の翻訳さえ行ってきたのを。

王と同様わたしたちも退路を絶ったのであり、王と同様わたしたちもローマが炎に包まれたとき皇帝ネロは竪琴《リラ》を奏でていたと信じた。わたしたちは図書館を燃やすことはなかったが、聖ヨハネの日には手帳を火の中にくべ、虫の羽をもぎ取りながらシェイクスピアを読み、祝典を行う記念日の折には、自分の時代を始めるにあたりあらゆる書物を焼き払ったバビロン王国の王となった。

たしかに、わたしたちは王を利用してきた。王が迷宮の中で迷うような物語を書いたし、彼らが経験したことのないほどの数値を正確に用いた。また、チェスゲームを発明した高僧《バラモン》のように王に破滅をもたらすほどの報いを課したこともあった。

夜明けまで何ゲームか続け、命拾いしたこともあったし、クッションに座ったまま戦いに勝利することもあった。王妃の部屋の前で宝石遊びをしたこともあった。それから自分自身を欺くのに飽きてしまったわたしたちはついに理解したのだ。不運が雲の中に立ちこめ、悪夢が薄い眠りのヴェールに染み込むシェイクスピア悲劇のある登場人物が言ったように、王子の称号とひとりの平民のあいだには世間の噂以上の違いなどないことを。

このヴェールを通して、わたしは王が井戸の奥底で死んでいるのを見た。インク壺の底の一匹の虫ほど小さく、しなびた王を。皺のついた王の衣服は、もう羽ばたくことのない羽のようであり、写真家のアトリエでポーズをとるブルジョワのボタンの留められたベストのようだった。写真家は短いポーズの時間を永遠のように感じて驚いた。

昼間病院《デイホスピタル》

身振り手振りで話しをするカントル〔ポーランドの劇作家タデウシュ・カントル（一九一五―一九九〇）のことと思われる〕、疲弊しきった顔のベーコン、投げ銭を集める道化たちや、頭に何も冠らず、先祖や同じ顔の物言わぬ群衆を前にする王たち。吠える犬の脳が描くイメージのような静寂の世界のなかでまたしても迎える、時間の終わりを告げる光景。

その犬は夢を見ながら吠える、わたしが新聞を開いて絶望的に嘆くように。新聞の文章は希望を汚す煤のようなもの、煙は次々と柱となって立ちのぼり、立ち現れた僭い神殿の中で精神は崩壊した。かつての赤字の見出しは広告の色と混ざり合っている。雷と写真、判決の光は明滅する、だが、その熱を帯びた閃光の中に、預言書が言うところの嵐を見分けられるものは誰もいない。わたしたちが顔色を変えるのは、もはや新聞の売り子の声でも起きないほどの眠りに立ったままの姿勢で落ちた時だ。

詩句であれ家であれ、建造物は火をつけられた大邸宅のように炎に包まれている。ネルヴァルとともにわたしはそこに、幼年期の友であるニンフ〔水の精〕の姿を認める。ニンフは眠りの中で、異端審問《アウト・デ・フェ》の火の中を舞う黒い蝶を追いかけているのだ。

巨大な世界となった昼間病院の中、わたしはニンフがガラス窓のむこうで羽をばたばたさせる姿に、廊下で物憂さに耐える姿に美しさを覚えることがある。人々はその美を侮蔑するだろうが。まるで夢の中のように、姿こそ変わってしまったがそれでも面影を残しているニンフは、その黒い目隠し布のせいで、横からの姿がゴシップ記事やポルノグラフィの写真を思わせる。

ニンフのために、わたしは死者の口の中で輝きを失った賽銭の代わりに、記憶をさかのぼるさまざまな引用の中から象徴的な一フラン硬貨を求める。疚しさから投げられたその硬貨は夕暮れ時にメランコリーの堅牢な石となる。

鏡に対する恐怖

明るい部屋に、鍵をもっていない暗い部屋に、わたしはカスパール・ハウザー〔一八二八年にニュルンベルクに突如あらわれた孤児。十代半ばと思しきその少年は、長いあいだ地下の暗い場所に幽閉されていたようで、自分の名前の文字はかろうじて書けるものの、たどたどしい言葉しか話すことができなかった。その時、カスパールが所有していたもののなかに、「砂金」と思しきものと、K・Hのイニシャルのはいったハンカチがあったとされる。カスパール・ハウザーに関しては種村季弘『謎のカスパール・ハウザー』（河出書房新社、一九八三年）に詳しい〕という名のおとなしい孤児がもっていたハンカチと砂金を預ける。不眠の冷えた裸足が残した足跡を追いながら、わたしはカスパールの恐怖と、夜になると書棚の暗い森の中を徘徊しにくる狼の子供の恐怖を預けるのだ。

わたしたちが霊の部屋で写真に撮っていたのはナルシスではなく、まるで昼間にわたしたちを捕まえようと森から出てくる死神のように、闇の中からあらわれたカスパールなのだ。

カスパールは操り人形、かつてわたしたちと共に暮らしたことを追憶する王の亡霊よりも体を震わせている。鈴の音のような彼の記憶に残っているのはただ自分の名の綴りだけだ。からっぽのその頭の中では、捨て子である自分の名は木靴をはいた馬蹄ほども響かない。

別の時代からやってきた歪んだ顔のカスパールの姿が見える。その顔はまだ言葉を覚えることで得られる丸みを帯びていない。光を奪った見知らぬ人物に背中を押され、鏡を恐れてふらつきながら、太陽の光がまるで劇場のように降り注ぐ大広場へとやってくる彼の姿が見える。

カスパールの影は冥府へと引き返していった。さまよえる魂と死児たちのただ中へと。それは自己を認識することを学び、自分と似た人間について三人称を用いて語るようになったわたしたち自身の姿。言語という儀礼は言葉を知らぬ幼年期に別れを告げるためにしか役立たないかのようだ。それは何時間も座り続けて、衣服を——少女の服あるいは真新しい服を——破りながら問いを反芻し続けるわたしたち自身の姿。旅の外套を身につけたあの見知らぬ人が戻ってくるのを待ちながら、時折、一枚の硬貨を前に愚者がたてる笑い声にとらえられたわたしたち自身の姿だ。

旅の神に

人生を生きなおすための間借りの部屋、死をじっくりと観察するための売家。わたしは、夢の時間に、木の鐘が鳴る頃に、泥棒のように引越しをする。ヴェルギリウスのおかげで、別の人生という地獄へ旅立つことはもうないだろうから。

今では出不精になった旅の神は、割れた壺の中にいる足腰のたたぬ者、残骸の中に立つ足のない者だ。彼は、バートルビーのように無関心で疲れ切り、身の回りのもの一式を歩道に広げ、手紙とともに食べ残しを入れた大きな郵便配達の袋の中に手をつっこんでいる。

出発間際のリバプール行きの船にいる前世紀に海軍入りした良家の子息は旅の神だ。だが、小さなアホウドリと同様、乗組員たちに虐待され、目的地に到着すると、無くなったはずのモニュメントがいまだに姿を残している路地の迷宮をたどっている……

旅の神が持ち歩く松葉杖は、教会の椅子のあいだに響く体の不自由な者の足音を思い起こさせる。わたしたちは聖遺物箱の黄金の脚のように、その松葉杖を崇めたてるが、この枯れ枝を崇めるのは、未来ががたついているからに他ならない。がたついているか、さもなくば、街の入り口で肉屋の看板になったヴェネツィアの馬のように前足を高く上げているかだ。その街の入り口に並ぶ多数のショーウィンドーはさながら墓地聖堂のようで、ネオンが一晩中、夢の葬列を照らしている。

(目覚めると、わたしは頭にターバンを巻いたあの男たちのことを考える。身分を失い、黄金の都市から追い出されたその男たちは、今では鉄床《かなとこ》を大切にしながら歩き回っている。わたしは彼らの願いに思いを馳せ、共感する。もう決して暗箱に光を照らしたくないという願いに。）

世界ホテル

寝ている人々、開かれた書物、眠りにつくためにまたぎ越さなくてはならない数多の横臥像。夢を解読するために、それらは冒瀆される。かつて死んだ街を見つけるために詩を朗唱する者がいたように。偶像崇拝者で墓荒らしのわたしたちが、今日、記憶を取り戻そうと思えば、謎めいた判じ文字に頼らなくてはならない。でたらめに組みわされた言葉と夢の部屋に散らばった物とが、夜になると、言語と同じ暗い光を放って輝きはじめる。

この暗がりの中に射す一条の月明かりのおかげで、古びたホテルのファサードに描かれた文字が読め、子供の頃、家の壁に映っていたような横向きの影が見出せるようになる。魂を吟味する思い出は、あの横向きの影をマスタバへと変え、この墓の中に一人の亡くなった人物の数々の宝を閉じ込めた。ピン、頭巾、よそ行きの靴、化粧台、大きな石棺のような立食用テーブル。

耳もとでぶんぶんとうなる言葉のように、あるいは、世界ホテルの中で気ままに飛んでいる蝶のように、事物から切り離されたわたしたちは、自分の星が輝くのを待ちながら、起源から解放されたベッドを照らすため消したあとも記憶の中でなお輝いているランプを鍵穴から覗くのだ。

顔のない女たち

喪の装飾品で飾られた暗室の中、意志と無意志のあいだにあったわたしは、ぎいぎいと音をたてながら手術室へ向かう搬送ベッドの上の皮膚の剥がれた子供を思い浮かべる。目覚めにつなぎとめられ、死者たちの中から戻ってきたその子供は、母の無力を永久に確信したのだ。

片耳を縫われたその乳児は、数多の音節の中から異様な一音節を聞き分ける。ヨッドとディガンマ、アレフとラムが混じり合うその乳児の声は、暗い色をした中国の河の岩をも押し流す〔アレフとヨッドはヘブライ文字で、ディガンマとラム（ラムダのことだと思われる）は古代のギリシャ文字〕。うすい唇からもれる瀕死の喘ぎ声は、しかし、母語の反響なのだろう。

今では咳の発作が起こると、愛と嫌悪の混ざった化粧パウダーの煙のせいで、彼は幼少の頃を思いだす。浴室の入り口や、医学書の中に、女性の身体の真実を探し、ぼんやりした暗い夢の中で肉体の復活を求めるのだ。

記憶をもつ鏡に彼が見るのは、自分を迎えに来る顔のない女たちだ。絵に描かれた森の中で聖体拝領をおこなうイヴや、広い心をもつ女中、自分の身体に無頓着な動物の世話をしてやるように、髪の手入れをしている王妃。しかし、ショーウィンドーの首のないマネキンたちに、舞踊を調子の狂った孤独のステップにしてしまったマニ教的な機械時代の偶像を加えたとしても、女の数が一〇〇三〔十七世紀の伝説上の人物ドン・ファン（ドン・ジュアン、ドン・ジョヴァンニ）は好色放蕩で知られ、スペインで一〇〇三人の女性と関係をもったとされる〕に届くことは決してないだろう。

ふりかえるオルフェウス

錬金術士が見ている前で月は黒くなり、黄ばんでいく書物の上に哲学者は身をかがめている。思考の明暗の中で、世界のイメージはそのつど反転しゆらめきはじめる。ろうそくの炎のように。裏箔のない鏡にうつる夢のイメージのように。現実はそこをすり抜けて、歪曲してわたしたちのもとへと戻ってくる。

地獄の入り口で詩人の肖像を描こうとしたのは、自らの黒い太陽と自らの悪徳、そして箱の底にある希望を携えた現実なのだ。だが、今日では、ふりかえるオルフェウスは、すでに知っている愛する妻の顔の代わりに、巨大な栄光の影と、ぼろの古着を着てすまし顔で歩く進歩しかもはや見ないのである――灰と埃のごとく不似合いな夫婦《カップル》。

黄金の目を見開く老ミミズクとなって帰還したオルフェウスは、この世界の光、ショーウィンドーや純粋すぎる理性の光に目がくらんでいる。盲人の歌の歌詞に導かれ、わずかばかりの影を求め、寓意画《アレゴリー》でいっぱいの古道具屋の入り口で彼は立ち止まる。そこでは、遺物に囲まれた芸術がかつての免罪符のように転売されている。それから、彼は自分の思い出を掘り起こしながら眠り、悪夢を再び生きることになる。蝦足《えびあし》で瘤持ちとなった彼は悪夢の中で妄想《キマイラ》を追い求めるのだ。

人間のしかめ面をまねる老猿となったオルフェウスが、最後の戦いのため夢の中でわたしに会いに戻ってきた時、彼はリスの毛皮を身にまとっていた（オルフェウスの奏でる音楽に束の間魅了された獣たちの皮、その後、オルフェウスの頭と竪琴は別々に川に流されてゆく)。彼の詩歌と声の中にわたしは聞き分ける、ずっと昔の罪の反響を、そして、彼の心臓が不整脈をやめるとき死が彼に手渡すであろう手錠の音を。

風は散文に吹いている

自らの占星術と不敬の言葉をもち、恐怖から逃がれようと彼岸を目指すわたしたちは、悪夢ばかりを見て騒ぎ立てる霊と同じだ、そんなわたしたちは、どんな選民にとっての堕天使あるいは猿なのだろうか。

井戸の底にある真実をあてもなく予言し、母音のまわりを踊って、ついには自分を回教徒と思い込んだ蠅のように落下する〔＝倒れこむ〕。その時、水の上を歩くことを夢見ながら空中浮遊していた聖人たちや、不実の兄弟とともに戸口にやってきた小さな天使たちもまた転落するのだ。

絶対に現代的で何も聞こえない耳を持ち、豚のように過ぎていった厚顔無恥の世紀たち。もはや歌う必要などなく、嘲笑で十分だ。というのも、風は散文に吹いており、わたしたちは東洋《オリエント》という病から回復したのだから。

かつて蠅を追い払っていたように、最後のふんばりで夏を追い払う。詩《ポエジー》という名に巻きついていた蛇は獲物を消化するのに永遠とも思える時間を要するだろう。牛のように丸々と肥えた蛙、アホウドリと闘鶏、雲にあと押しされる翼の生えた龍……

磁力を帯びた韻の針なくして、鳩の傷ついた歌や側対歩《アンブル》で歩く馬なくして、はたして北の方位は見つけられるだろうか。今では苦役とも思える定型の韻律のかわりに、オノマトペや騒々しく駆け回る言葉で頭の中がいっぱいのわたしたちは、セイレーンの歌を惜しみ、記憶を持たない言葉よりもより多くの意味を持っていた奴隷の歌すら懐かしむようになり始めている。

間もなくその時を迎える千年の終わりに対する大きな恐怖を追い払うため、わたしたちは詩句を朗唱するだろう。オデュッセウスがもう一度、その寝床から起き上がるのを目撃するために。そして、今いる川岸から、体の不自由な者が通り過ぎるのを目にするだろう。その者は、かつて詩が「もう二度とない《ネヴァーモア》」と歌いながら川を下っていたとき、風に舞い上がり、それから、散文の中に自らの心情を吐き散らすようにして、海の中に身を投じたのだった。

記憶の作家ジェラール・マセ

桑田光平

ジェラール・マセという名前を知ったのは、一九九〇年に刊行された『現代詩手帖』の「総展望 フランス現代詩」特集においてだったと思う。もちろん、リアルタイムでその特集号を見ていたわけではなく、大学に入ってから、いや、おそらくは大学院に入ってから間もなくだったように記憶している。その号には、エドモン・ジャベス、ゲラシム・ルカ、ルイ＝ルネ・デ・フォレ、フィリップ・ジャコテ、ジャック・デュパン、ミシェル・ドゥギー、アンドレ・デュブーシェ、ジャック・ルーボーなどフランス現代詩の星たちの詩篇が訳出されており、それに加えて、デリダやメショニックらの詩論の翻訳、そして阿部良雄、松浦寿輝、吉田加南子ほか多数の優れた日本人研究者たちのエッセイと、おそらく同特集の目玉企画だったと思われる、現代フランス詩人と日本の仏文学者たち（多くは詩人でもある）との対談が掲載されている。対談というよりもインタビューに近いものだ。ジェラール・マセに関して言えば、初期の三篇の詩が守中高明によって訳出され、「〝複数の生〟を語る詩」と題する朝吹亮二、小林康夫との対談が掲載されている。訳出された三篇の詩はいずれも、八三年の詩集『眠れる森』に収められたものである。訳者の守中が述べているように、七四年の最初の詩集『諸言語の庭』から七七年の『バベルのバルコニー』を経て、『眠れる森』に至るまでの初期の詩は、「いずれも夢の論理を転写するかのようなイマージュの飛躍やずれ、そして圧縮を示す断片の数々を寄り添わせる」散文詩である。そこにシュルレアリスムからの影響を見出すことは難しくはないだろう。実際、二〇一六年十一月にグルノーブルで開催されたジェラール・マセを巡る国際シンポジウムにおいて、作家自身、初期の詩におけるシュルレアリスムの反響についてためらいがちに（少なくともわたしにはそう感じられた）触れていた。その後、マセのエクリチュールは徐々に変貌を遂げることになる。八〇年代後半からは短い「物語《レシ》」やその寄せ集めを立て続けに発表し、記憶の主題が前景化してゆく。記憶といっても、具体的な一個人の思い出が伝記的あるいは自伝的に書かれていくというのではなく、個人を超えて、ある記憶が別の記憶を呼び、ある物語から別の物語へ、ある時代から別の時代へ、ある生から別の生へと自由に移動してゆくような記憶の作用が作品化されているといえる。そこには当然、記憶違いも含まれている。

　マセにとって記憶は最初から大きな関心事のひとつだったといえるだろう。『眠れる森』にはすでに、物質としての文字の背後に夢や記憶が茫漠と広がる光景が夢想されていた。

> ページをめくってみる、すると巨大な文字の背後に（その文字は端正な散文の物

語を纏《まと》った頭文字なのだろうか？　解読不可能な紋章の森を隠し持った花咲く樹木なのだろうか？　その森では写字生が後悔や躊躇から書き損じてしまった記号、つまり古い綴りの誤りや戸籍の間違いなど、記憶違いや子供の羞恥心やどうしても忘れてしまいそうな名の記憶を思い起こさせるあらゆるものが解読され続けている）眠りの平原が広がっているのが分かる。眠りこんだ作者はそこで、予言の響きに恐怖を覚え目覚めてしまう前に、夢の言語への翻訳に着手したのだ。[1]

書かれた文字は、確かに解読すべき記号として読者の前に差し出されているが、ここで語られている解読行為は一義的な意味を理解することよりもむしろ、決して定まらない複数の意味のなかをさまようことに近い。文字や書物を通して、夢や記憶がおりなす錯綜した時空間へと自ら進んで分け入っていくマセの姿は、彼が『最後のエジプト人』の中で描いたヒエログリフの解読行為にとりつかれたジャン＝フランソワ・シャンポリオンの姿に重なるだろう。

シャンポリオンはふつうに読むということができなかった。彼にできたのは解読だけで、何時間もそして何日間も考えあぐねながら、最初は文字の軌跡を追うことから始め、少しあとになるとヒエログリフの輪郭がたどれるようになったが、記号という仲立ちの存在は忘却できず、あたかも個々の記号から、あるひとつの秘密を奪い取ろうとしているように見えた[2]。

マセ中期の代表作で、唯一邦訳がある八八年の『最後のエジプト人』（ただし現在は絶版）はこのように始まる。もちろんシャンポリオンの場合、ロゼッタ・ストーンに刻まれた人類にとって未知の記号の解読が問題となるので、マセが文字や書物と結ぶ関係とは異なるのだが、それでも単に意味を同定することに収まらないシャンポリオンの解読行為に惹かれたマセは、この碩学の生涯を主題とした極めて独創的な一冊の書物を物すにとどまらず、自分自身もまた彼のような解読者たらんとしているように見える。つまり、書かれた文字であれ、あるいは一冊の書物としての世界や自然であれ、それをなんとか解読しようとする中で喚起される他のテクスト、他の記憶、他の時間、他の生をも解読の一部に組み込み、一つの光景や物語に結晶化させるのである。シャンポリオンの解読行為は、限りなく連想や夢想に近い。しかし、自由な夢想というわけではもちろんなく、複数の言語や歴史、文学や自然に関する豊かな学識を伴った夢想である。例えば、痛風の病床で朗読してもらったフェニモア・クーパーの『モヒカン族の最後』を聞きながら、いまだ足を踏み入れていないエジプトを夢見ていたシャンポリオンは、「彼が夢中になって蘇生しようとつとめる一文明と今まさに滅亡しようとする一文明の思いがけない出会いを想像」する。

暮れなずむ光のなか、魂がたどる道では、ファラオとインディアンの酋長が無言のままに挨拶をかわす。そして彼らの背後には、何世代にもわたるその子孫たちが並び立ち、自分らの矢、駝鳥の羽と鷲の羽、赤い彩色のほどこされた体と胸の上で組まれた腕、金色に塗られた爪と傷痕を比べ合うのが見えるのだ。彼らは黙して口にすることはないが、シャンポリオンがたえず心のなかで思いつづけたのは、野牛を大量に殺す白い顔の人間たちが古代ローマ人の末裔、つまりアレクサンドリアの図書館に火を放った者たちの末裔であるということだった。(3)

こうして十八世紀後半の北アメリカと古代エジプト、さらには古代ローマとがシャンポリオンの夢想の中で邂逅するのだ。あるいは、自らの名前（Champolion）の中にある lion の文字へのオブセッションから――彼は自分のことを「ライオン」と呼んでいた――日常生活はもちろん、シェイクスピアからクーパーに至るまで読書の際にもいたるところに「ライオン」の影を見出してしまうシャンポリオンが、アルファベットのLの文字に相当する「横たわるライオン」のヒエログリフの文字を解読し、碑文のなかに残された「横たわるライオン」を含む固有名――「プトレマイオス」や「クレオパトラ」――を発見したという話も、解読が現代と古代とを邂逅させる、なかば謎解きのような創造行為であることを示している。そしてそのような解読行為を通して、シャンポリオンは古代を、古代人の生を生き直すことになるのだ。マセ自身もまた『最後のエジプト人』を書くことによってシャンポリオンの生を生き直しているのであり、九一年の『前生』ではシモニデス、イソップ、アンリ・ミショーらの名前を召喚しながら、彼らの生の一エピソードを非常に短い文書の中で生き直していると言えよう。

繰り返すことになるが、マセにとっての「記憶（mémoire）」とは個人的なものにとどまらず、むしろ個人の「思い出（souvenir）」を超える連想ないし夢想の働きであり、それが彼の創作の鍵となっている。マセはしばしば「記憶（mémoire）」と「思い出（souvenir）」を明確に区別する。例えば、『前生』の裏表紙——作者自身が書いたものらしい——には次のように述べられている。「ある物語を別の物語へとつなぎ合わせ、さまざまな反響を連ね合わせるのは、語り手の声なのだ。語り手の記憶は個人的な思い出をはるかに超えて働くのであり、語り手とは「君が誰と付き合っているか言ってくれれば、君がどんな人かを言おう」というよく知られた真実を信じているような人物なのだ」。マセの手法が明確に語られた一文だと言えるだろう。さらに八五年の『三つの小箱』の中の一節を見てみよう。

影の部分を除いて語るべきものは何もない。また、火の部分を除いてすべては焼き尽くされてしまった。火の部分だけがこの物語を照らしてくれるだろう。影の部分とは記憶（mémoire）であり、わたしがほとんど何も知らない一人のローマ人女性のばらばらになった身体である。火の部分は、その女性よりも長く生き延びたマネキン人形のなかの、そして、綻びた夢の継ぎ目を隠しきれないエクリチュールの技巧のなかの、分節化された数々の思い出（souvenirs）である。(4)

十九世紀末、テヴェレ川付近で発見された古代ローマ時代の石棺には、若い女性の白骨遺体とともに象牙で作られた二十センチほどの少女の人形が収められていた。石版に刻まれていたのは女性の名前 Crepereia Tryphaena の文字のみ。この名前をめぐって書かれた『三つの小箱』は、やはり現代と古代が交差する小さな物語であり、そこにシャンポリオンも登場することになる。Crepereia Tryphaena という名は「わたしがほとんど何も知らない一人のローマ人女性」と「その女性よりも長く生き延びたマネキン人形」の双方を指す。語られるべきは「記憶」と呼ばれた「影の部分」、すなわち固有名や二世紀頃を生きたローマ人の少女の生だが、もちろん名以外は完全に失われているため、彼女の生については何も知りようがない。この少女についての「記憶」を物語るためには、残された象牙のマネキン人形という痕跡、すなわち「思い出」に頼るしかない（この人形はローマの美術館に収蔵されている）。しかし、影がすっかり明るみにでることなどありえないのだから、「語り手」は「思い出」から出発しながら、さまざまに関連する記憶や固有名や物語を召喚しつつ、たえず「記憶」を作り上げていくことになるのだ。『行商 第二巻』の中の、ダンテの『新生』の翻訳につけた文章の中でマセは次のように述べている。

ダンテは誰よりもよく知っていた。思い出（souvenir）の複写、つまり、人生を一語一語、従順に訳すことは、いくらか無益な文学活動であって、どんな場合であっても詩的活動に劣るものなのだということを。詩的活動には本質的なものが含まれており、詩的活動だけが、過去を蘇らせてくれるのだ。だが、それは過去をそのまま蘇らせるということではなく、過去が作り上げられてしまうままに蘇らせるのだ[5]。

「過去が作り上げられてしまうままに蘇らせる」こと、これがマセにとっての「記憶」の働きなのだ。この記憶の働きを巧みに利用しながら、マセは現在まで創作を続けている。彼はしばしば記憶だけで過去のテクストや歴史について語ることがあり、記憶違いのせいで真偽のほどの定かではない不思議な物語が生み出されることがある。マセの本を読んでいると時折、夢のなかにいるような気分になるのはそのためだろう。

一九九三年に刊行された本書『記憶は闇の中での狩りを好む』は、マセがそれまで取り組んできた記憶の問題を写真という主題に接続した作品だといえるだろう。その後、九〇年代後半からマセは写真を撮り始め、何冊かの写真集を発表し、小さなギャラリーとはいえ展覧会も何度か開くことになる。『記憶は闇の中での狩りを好む』は写真と夢とをめぐる散文詩集である。これまで見てきたようにマセにとっての「記憶」が、過去の具体的な現実の証言ではなく、さまざまな「思い出」から出発して不安定なイメージの連鎖を構築するものだとすれば、反対に写真とはおぼろげな過去の記憶を明確に固定する装置として、さらに言えば、記憶の曖昧さを告発する道具として発明されたのではなかったか。しかし、本書でマセが述べているように、写真は「腐敗のない死を見せつけ」ているようでありながら、実際にはそれは「手に届くところにあるまやかしのような不滅」でしかないのだ（六二頁）。なぜなら、ロラン・バルトも『明るい部屋』の中で示したように、写真そのものが複数の時間――被写体が生きた時間、写真を見る者が生きている時間、写真を見る者が想像する被写体がたどったであろうその後の時間、写真を見るものがこれからたどるであろう未来の時間――の圧縮による「時間のめまい」を引き起こす装置なのだから。そこには固定された時間などない。したがって、写真について語ることは、当然、マセ的な記憶の創造力の問題に関わらざるをえない。写真はわれわれの手元に残された痕跡＝思い出として、そこに映されたものだけでなく、それを見るものの記憶をも創造＝想像するよう働きかけるフェティッシュな対象なのである。『記憶は闇の中での狩りを好む』においても、写真がもたらす奇妙な「時間のめまい」が何度も語られている。タイトルが暗示しているように、写真家は狩猟者と同じ本能で獲物を待ち構え、都市の中で狩猟を行っている。だが、捕獲に成功しても手に入るのは亡霊としてのイメージでしかなく、しかも最終的にはそこに「未来の自分の姿」を、すなわち「他人の記憶の中で、死んでいるのに若々しく生き続ける自分の姿」を想像してしまうことになるのだ（六四頁）。こうして未来の記憶とでも呼べるものが写真を通して作り出されることになる。

マセ自身の写真についても少し触れておこう。『蜃気楼と記録』（二〇〇三）や『色彩はだまし絵』（二〇一二）などの写真集を見て感じるのは、確かに写真は現実の時間を固定するものではあるが、当の現実そのものが現実らしからぬものだということだ。現実のほうがおぼろげな夢のように感じられることは誰にでもあるだろう。写真が現実を冷徹に記録するということと、現実そのものが曖昧でアモルフであるということは両立する。彼の写真はひとつの対象をストレートに映すというよりも、現実そのものが複数のレイヤーを持っていることを、あるいは、複数の要素が呼応し共鳴していることを意識させるものが多く——ただし彼はいかなる加工もしていない——世界がその表面において絶えず静かにざわめいているような印象を与える。複数の時間の層が一つの画面のなかに判然としないまま溶融するマセの写真群は、彼が言う「記憶」の働きそのものを喚起しさえする。

二〇一一年からマセは『シンプルな思索《パンセ》』というシリーズを書き始め、第二巻である『帝国の地図』が二〇一四年に、第三巻の『海に濡れた書物』が二〇一六年に刊行された。十七世紀のモラリスト文学あるいは日本の随筆を思わせるような、徒然なるままに筆を走らせた短い断章からなる小さな思索《パンセ》の寄せ集めであり、現代フランス版「徒然草」と言ってもいい作品である。このシリーズでもまたマセは「記憶」に対する愛着を、これまで以上に率直に述べている。

わたしが「記憶（mémoire）」という語にこれほど愛着を覚えるのは、おそらく、「モアレ（moire）」という語がそこに含まれているからなのだろう。「モアレ」とは、かつては厳かな神性を意味していたが、今日では、光の具合でさまざまに色が変化し、端の方が輝く、すぐに破れてしまう織物が頭に浮かぶことだろう。「モアレ」とは、影たちが織りなす風景であり、かつては神々の死装束に使われていた糸の不規則に編まれた布地なのだ。(6)

「記憶」という言葉そのものがもつ記憶――「厳かな神性」――を蘇らせながら、それを現代的な意味と溶け合わせ「かつては神々の死装束に使われていた糸の不規則に編まれた布地」という表現を生みだすその手口は鮮やかだと言わざるを得ない。かつてのバロック的ともいえる複雑なエクリチュールから、より洗練された「シンプルな」エクリチュールへと変貌を遂げたマセが、彼が愛するネルヴァルやプルーストと同様に、ただし彼らとは異なるスタイルで、記憶の作家として現代フランス文学の風景に存在していることは、やはり幸福なことだといわざるをえないだろう。

（1） Gérard Macé, *Bois dormant et autres poèmes en prose*, Gallimard, coll. « Poésie/Gallimard », 2002, p.111.

（2） ジェラール・マセ『最後のエジプト人』、千葉文夫訳、白水社、一九九五年、五頁（Gérard Macé, *Le Dernier des Égyptiens*, Gallimard, coll. « folio », 1988, p.9）

（3） 同書、一二―一三頁（*Ibid.*, p.14-15）

（4） Gérard Macé, *Les trois coffrets*, Gallimard, coll. « Le Chemin », 1985, p.41.

（5） Gérard Macé, *Colportage II : Traductions*, Le Promeneur, 1998, p.17.

（6） Gérard Macé, *Pensées Simples*, Gallimard, 2011, p.186.

訳者あとがき

本書は Gérard Macé, *La mémoire aime chasser dans le noir*, Gallimard, 1993 の翻訳である。すでに述べたことだが、写真と夢とをめぐる散文詩である本書は、その後、写真を本格的に撮り始め写真集も刊行するようになるジェラール・マセの著作目録のなかでもとりわけ重要なものだといえる。とはいえ、文学的・歴史的教養を詩的イメージへと結実させたこのテクストは写真や夢に関する学術的な論考とはいえず、あくまで散文詩であるために、訳者の能力不足を大いに認めつつも、決してわかりやすいものとはいえない。ただし、それは幻想と博識が巧みに織り交ぜられたマセの初期から中期の作品全般について言えることだと言えよう。読者の方々には、自由なイメージの飛翔をそれぞれに楽しんでいただければ幸いである。マセの作品は二〇〇〇年以降、とりわけ『徒然草』を思わせる〈シンプルな思索《パンセ》〉のシリーズになると、それまでの作品と比較してかなり平易になる。このシリーズも水声社より刊行予定である。

各章の冒頭にはエピグラフが掲げられているが、フランス語原書には出典等は記されていない。いずれも邦訳があるものだったので、それを利用させていただいた。以下に出典情報を記しておく。

ジャン・ポーラン『ブラック——様式と独創』、宗左近訳、美術公論社、一九八〇年、一六〜一七頁。（第一部のエピグラフ）

ウィリアム・シェイクスピア『テンペスト』、松岡和子訳、ちくま文庫、二〇〇〇年、一二八頁。（第二部のエピグラフ）

ジェラール・ド・ネルヴァル「散策と回想」、『ネルヴァル全集 VI』、田村毅訳、筑摩書房、二〇〇三年、一三〇頁。（第三部のエピグラフ）

写真集を含めて、マセはすでに四十冊ほどの著作を刊行している。今後邦訳される予定のものを中心に主要な著作の一覧を以下に記しておく。彼はこれまで七度の来日を果たしている親日家であり、著作一覧のうち、『石が育つ場所』、『日本から持ちかえった物』は日本論である（『オリエントへの迂回』には、『石が育つ場所』と『日本から持ちかえった物』の一部が収められている）。

Bois dormant, Gallimard, coll. « Le Chemin », 1983 ; *Bois dormant et autre poèmes en prose*, Gallimard, coll. « Poésie / Galliramd », 2002.（『眠れる森』）

Où grandissent les pierres, Fata Morgana, 1985.（『石が育つ場所』）

Les trois coffrets, Gallimard, 1985.（『三つの小箱』）

Le Manteau de Fortuny, Gallimard, 1987.（『フォルチュニィの外套（仮）』、水声社より刊行予定）

Le Dernier des Égyptiens, Gallimard, 1988.（『最後のエジプト人』、千葉文夫訳、白水社、一九九五年）

Vies antérieures, Gallimard, 1991.（『前生』）

Choses rapportées du Japon, Fata Morgana, 1993.（『日本から持ちかえった物』）

Un détour par l'Orient, Le Promeneur, 2001.（『オリエントへの迂回』）

Mirages et solitudes, Le temps qu'il fait, 2003.（『蜃気楼と孤独』、写真集）

Illusion sur mesure, Gallimard, 2004（『オーダーメイドの幻想』、水声社より刊行予定）

Filles de la mémoire, Gallimard, 2007.（『記憶の娘たち』）

Pensées Simples, Gallimard, 2011.（『シンプルな思索（仮）』、水声社より刊行予定）

La Carte de l'empire : Pensées Simples II, 2014.（『帝国の地図——シンプルな思索2（仮）』、水声社より刊行予定）

Des livres mouillés par la mer, Pensées simples III , 2016.（『海に濡れた書物――シンプルな思索3（仮）』）

最後に、（いつも通り）当初の予定を大幅に超え、刊行まで耐えがたい辛抱を強いてしまった作者ジェラール・マセと担当編集者の神社美江さんに心からのお詫びと感謝を申し上げたい。マセさんは二〇一六年のグルノーブルでの彼自身をめぐる国際シンポジウムの際に、わたしからのさまざまな質問に答えてくださった。そこから刊行がここまで遅れたのは、ひとえに訳者であるわたしの怠惰と能力不足によるものである。はなはだ自信はないが、この遅延が本書の翻訳の出来に少しでも寄与していることを心から願うばかりである。

桑田光平

著者／訳者について——

ジェラール・マセ（Gérard Macé）　一九四六年、パリに生まれる。詩人、写真家。主な著書に、『最後のエジプト人』（一九八八年。白水社、一九五五年）、*Le Jardin des langues* (Gallimard, 1974), *Le Manteau de Fortuny*, Gallimard, 1987, *Choses rapportées du Japon*, Fata Morgana, 1993, *Filles de la mémoire*, Gallimard, 2007, *Pensées simples* (Gallimard, 2011), *La Carte de l'empire*, *Pensées simples II* (Gallimard, 2014), *Des livres mouillés par la mer, Pensées simples III* (Gallimard, 2016) などがある。

＊

桑田光平（くわだこうへい）　一九七四年、広島県府中市に生まれる。東京大学大学院博士課程満期退学。パリ第四大学文学博士。専攻、フランス文学・芸術論。現在、東京大学大学院総合文化研究科准教授。主な著書に、『ロラン・バルト　偶発時へのまなざし』（水声社、二〇一一）、『写真と文学』（共著、平凡社、二〇一三）、『世界の八大文学賞受賞作から読み解く現代小説の今』（共著、立東舎、二〇一六）、*Réceptions de la culture japonaise en France depuis 1945*（共著、Honoré Champion、二〇一六）、主な訳書に、パスカル・キニャール『さまよえる影たち』（共訳、水声社、二〇一七）などがある。

装幀――宗利淳一

記憶は闇の中での狩りを好む

二〇一八年一二月二〇日第一版第一刷印刷　二〇一九年一月二五日第一版第一刷発行

著者――ジェラール・マセ

訳者――桑田光平

発行者――鈴木宏

発行所――株式会社水声社

東京都文京区小石川二―七―五　郵便番号一一二―〇〇〇二
電話〇三―三八一八―六〇四〇　FAX〇三―三八一八―二四三七
［**編集部**］横浜市港北区新吉田東一―七七―一七　郵便番号二二三―〇〇五八
電話〇四五―七一七―五三五六　FAX〇四五―七一七―五三五七
郵便振替〇〇一八〇―四―六五四一〇〇
URL : http://www.suiseisha.net

印刷・製本――ディグ

ISBN978-4-8010-0367-5

sentier de la critique　批評の小径

マラルメ――セイレーンの政治学　ジャック・ランシエール　二五〇〇円

氷山へ　J・M・G・ル・クレジオ　二〇〇〇円

オペラティック　ミシェル・レリス　三〇〇〇円

日本のうしろ姿　クリスチャン・ドゥメ　二〇〇〇円

みどりの国　滞在日記　エリック・ファーユ　二五〇〇円

夢かもしれない娯楽の技術　ボリス・ヴィアン　二八〇〇円

フローベールにおけるフォルムの創造　ジャン＝ピエール・リシャール　三〇〇〇円

ロラン・バルト――最後の風景　ジャン＝ピエール・リシャール　二〇〇〇円

ポストメディア人類学に向けて　ピエール・レヴィ　四〇〇〇円

［価格税別］